KB188019

# 내가 아는 기쁨의 이름들

## : 매일을 채우는 52가지 행복

소피 블랙올 지음 | 정회성 옮김

웅진주니어

지은이 **소피 블랙올**

오스트레일리아에서 태어나 미국에서 활동하고 있습니다. 지금까지 스무 권이 넘는
어린이책에 그림을 그리고 글을 썼습니다. 2016년 『위니를 찾아서』, 2019년 『안녕, 나의
등대』로 칼데콧상을 받았습니다. 그린 책으로 『산딸기 크림봉봉』, 『비어트리스의 예언』,
『루비의 소원』 등이 있고, 쓰고 그린 책으로 『지구에 온 너에게』, 『시큰둥이 고양이』,
『언덕 너머 집』, 『아기는 어디서 오는 걸까요?』, 『그때 말할걸 그랬어』 등이 있습니다.


옮긴이 **정회성**

일본 도쿄대학교에서 비교문학을 공부했고, 지금은 인하대학교 영어영문학과에서
번역을 가르치고 있습니다. 『피그맨』으로 2012년 IBBY(국제아동청소년도서협의회) 어너리스트
번역 부문 상을 받았습니다. 옮긴 책으로 『겨울 봄 여름 가을, 생명』, 『안녕, 나의 등대』,
『지구에 온 너에게』, 『언덕 너머 집』, 『위니를 찾아서』, 『첫사랑의 이름』, 『줄무늬 파자마를
입은 소년』 등이 있고, 지은 책으로 『친구』, 『책 읽어 주는 로봇』, 『내 친구 이크발』 등이
있습니다.

※ 부연 설명이 필요해 보이는 단어나 문장에는 편집자가 주석을 달았습니다.

# 그럼에도 오늘을 기대하는 나와 당신에게

　　나는 항상 어떤 어려움이 닥쳐도 희망의 끈을 놓지 않고 활기차게 살아왔어요.
불과 몇 년 전 팬데믹이 우리 모두의 삶을 맥없이 쓰러뜨리기 전까지는요. 당시
우리는 희망을 잃지 않으려 애썼지만, 불확실한 나날이 이어지자 불안과 공포,
슬픔에 휩싸일 수밖에 없었어요. 연로한 부모님과 타지에서 생활하는 아이들을
걱정하며 불안한 하루하루를 보냈지요. 줄어든 수입을 걱정한 나와 내 파트너
에드는 생활비를 줄이기로 마음먹고 십 년 동안 살던 아파트를 떠났어요. 비록 세
들어 살았지만, 그 어느 곳보다 오랜 시간 행복하게 머물렀던 그곳을요.

　　그러던 어느 가을날, 전남편이자 아이들의 사랑스러운 아빠인 닉이 사고로 세상을
떠났다는 소식이 지구 반대편에서 들려왔어요. 삶이 송두리째 먹구름 속에 갇힌
기분이었어요. 더는 삶에서 아름다움과 경이로움, 기쁨을 기대할 수 없을 것만
같았지요. 하지만 나는 늘 되새기곤 해요. 짙은 먹구름에 가려져 보이지 않더라도
지평선 어딘가에는 밝은 곳이 있게 마련이라고. 어쩌면 그곳은 눈을 가늘게
뜨고 한참 바라보아야 비로소 발견할 수 있을지도 몰라요. 아니, 스스로 나서서
만들어야만 하는 곳일지도 모르지요.

　　어느 날 아침, 샤워하다가 문득 '하루하루 살면서 기대할 만한 것들'을 목록으로

정리해 봐야겠다고 생각했어요. 목록을 하나씩 기록하면서 그 가운데 꽤 많은 걸 곧바로 실천할 수 있다는 사실을 깨달았지요. 기대한 일을 실행에 옮길 때 얻는 만족감은 기대하는 즐거움 못지않게 컸답니다. 이 목록은 나뿐만 아니라 누구에게나 필요할 것 같았어요. 그래서 그중 몇 가지를 그림과 함께 SNS에 올렸는데, 생각보다 반응이 뜨거웠어요. 수많은 사람에게서 답장이 날아왔지요. 어떤 사람들은 내가 했듯이 달걀에 표정을 그린 뒤 사진을 찍어 보내왔어요. 또 어떤 이들은 좋아하는 책에서 가장 마음에 든 구절을 골라 알려 주었고요. 직접 머핀을 구워서 이웃과 응급 구조대원에게 선물했다는 사람도 있었어요. 사람들은 자기가 무엇을 잘하는지, 앞으로 무엇을 배우고 싶은지 이야기하며 서로 영감을 주고받기도 했어요. 누구는 목공예를, 누구는 술 담그는 법을 배워 보겠다고 다짐했답니다.

한동안 팬데믹이 닥치기 전의 세상을 그리워했어요. 전 세계를 자유롭게 돌아다니며 오랜만에 만나는 친구와 끌어안고 낯선 사람과 악수를 나누던 시간이 무척이나 소중하게 여겨졌지요. 그러다가 이런 생각이 들었어요. 가만히 앉아 지난날을 그리워하기보다는 인내와 용기, 공감과 배려를 잃지 않으며 '모든 사람이 행복한 미래'를 만들기 위해 노력하자고.

우리는 삶에서 크고 작은 것들을 기대해요. 크게는 환경 보호, 평등하고 포용하는 사회, 무료 의료 서비스와 공평한 교육, 빈곤과 기아 문제 해결, 세계 평화 같은 것들 말이에요. 그런가 하면 평범한 일상에서 미소 짓게 하는 소소한 기쁨을 기대하기도 하지요. 이 책에 그러한 작은 기대들을 담았어요. 여러분도 새로운 기대와 기쁨을 발견하기를 바라요.

여러분이 직접 책 여백에 글을 쓰거나 그림을 그려도 좋아요. 더 좋은 방법은 여러분만의 '하루하루 살면서 기대할 만한 것들' 목록을 만드는 거예요. 그리고 그 목록을 다른 사람과 함께 나눠 보세요.

어때요, 생각만으로도 벌써 기대되지 않나요?

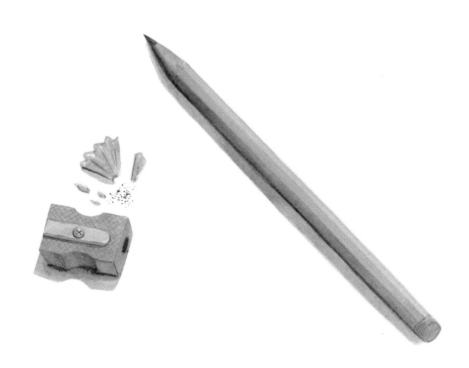

# 01
# 떠오르는 태양

"무슨 일이 일어나든 아침에는 태양이 떠오를 것입니다."

언젠가 미국의 전 대통령 버락 오바마가 말했어요. 당연한 말로 들리겠지만

깊이 새겨 볼 가치가 있어요.


태양은 때로 먹구름에 가려져 보이지 않아요.

하지만 먹구름이 걷히고 나면,

태양은 곧 세상을 밝게 비추고

우리 앞에 새로운 날을 펼쳐 보일 거예요.

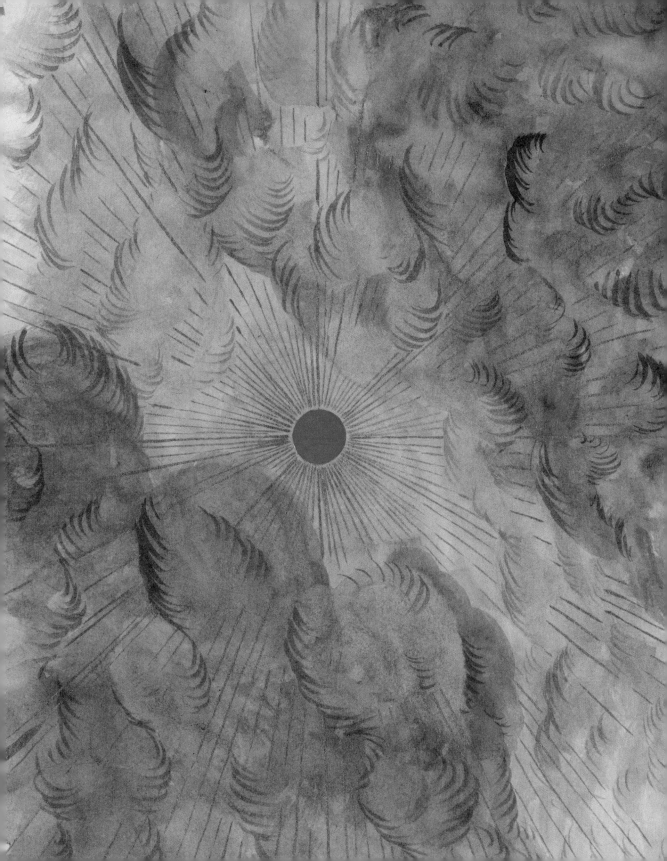

# 02
# 커피

주위 사람들에게 매일 무엇을 기대하며 사느냐고 물었을 때 가장 많이 돌아온 대답은 '커피 마시는 시간'이었어요. 커피는 마시는 시간뿐만 아니라 내리는 시간도 즐거워요. 신선한 원두를 갈아서 전날 마신 커피 찌꺼기를 깨끗이 비운 포터 필터에 꾹꾹 눌러 담고, 추출구에서 "쉿쉿" 소리를 내며 흘러나오는 에스프레소를 바라볼 때 행복해지지요. 평소 즐겨 찾는 길모퉁이 카페, 눈길을 사로잡는 손놀림으로 커피를 내리는 바리스타, 이른 아침 반려견과 산책할 때 챙기는 커피 텀블러는 떠올리기만 해도 즐거워져요. 커피는 우리 삶에 좋은 기운을 북돋워 준답니다.

최근 내 친구 멜리사에게는
멋진 커피포트가 하나 생겼어요.
멜리사는 아침 일찍 일어나
그 커피포트로 끓인 커피를 마시고 싶어서
빨리 잠자리에 들게 되었다고 말하더군요.

# 03
# 따뜻한 샤워

샤워하면 긴장이 풀리면서 기분이 한결 나아져요. 많은 사람이 따뜻한 물로 몸을 씻는 걸 당연하게 여기지만, 사실 그렇지 않아요. 내가 태어나 자란 나라처럼 건조하고 가뭄이 심한 곳에서는 물이 귀하니까요.✳ 따뜻한 물을 쓰기 어려운 환경에 사는 사람도 적지 않아요. 그래서 나는 샤워를 되도록 빠르게 끝내려고 노력한답니다. 가끔 따뜻한 물로 마음껏 샤워하는 날에도 감사한 마음을 잊지 않으려 해요.

✳ 저자 소피가 태어나고 자란 오스트레일리아는 비가 적게 내리고 건조해서 가뭄이 자주 들어요. 1997년부터 2012년까지 15년간 극심한 가뭄을 겪기도 했어요.

# 04
# 누군가를 위해 굽는 과자

집에서 조금 떨어진 곳에 오두막을 지을 때였어요. 갑자기 날씨가 추워진 어느 날, 손수 구운 머핀을 들고 작업 현장으로 갔지요. 하얀 서리로 뒤덮인 지붕 위에서 작업 중인 인부들에게 따뜻한 머핀을 건네자, 그들은 뜻밖이라는 표정을 지으며 감탄했어요. 다음 날도 머핀을 구워 가져다주었어요. 시간이 없어서 빈손으로 간 그다음 날에는 인부들이 평소처럼 반갑게 맞았지만 왠지 모르게 어깨가 축 처진 데다 힘없어 보였어요. 그 모습을 보고는 매일 머핀을 가져가야겠다고 생각했지요.

그런데 어느 순간부터 매일 아침 설탕과 버터를 그릇에 넣고 나무 숟가락으로 휘젓는 일이 귀찮게 느껴졌어요. 손도 아프고 팔도 뻐근해 점점 더 힘들었지요. 기계의 도움이 간절했어요!

내가 왜 이러고 있지?

머핀쯤이야 제과점에서 사 오면 되잖아.

이럴 때가 아니라 지금 쓰고 있는 원고부터 끝내야 해.

이것저것 신경 쓰다 보면 제대로 된 작품을 완성할 수 없을 거야.

이 일도 잘하고 저 일도 잘할 수는 없어.

하지만…….

아, 그래!

이건 연금술 같은 거야.

아주 매력적인 일이라고!


이렇게 생각하자 머핀 만드는 일이 한결 쉬워졌어요. 갓 구운 머핀을 오두막까지 가져가는 길에 하나씩 맛보는 일도 즐거웠어요.


어쩌면 인부들은 매일 먹는 머핀에 질렸는데도 차마 거절하지 못한 걸지도 몰라요. 하지만 머핀을 가져다준 날이면, 인부들은 그 어느 때보다 즐겁게 일했어요. 적어도 내가 보기에는 그랬답니다.

SWEET (UNSALTED)
GRADE
AA
NET WT.
4 OZ.
(113 g)
BUTTER
ITBSP | ITBSP | ITBSP | ITBSP | ITBSP | ITBSP | ITBSP | ITBSP

# 05
# 포옹

사회적 거리 두기로 서로 껴안을 수 없는 시간이 이어지는 동안, 내가

사람들과의 포옹을 얼마나 좋아하는지 깨달았어요. 나는 기쁜 일이 생기면

축하하는 뜻에서, 나쁜 일이 생기면 위로하는 마음으로 사람들을 꼭 껴안았어요.


쑥쑥 자라나는 아이들을 안으면

내 품에 안겼던 아기 시절의 모습이 떠올라요.

나이 드신 부모님을 안으면

그분들 품에 안겼던 어린 내 모습이 떠오르고요.


얼마 전에는 뼈만 앙상한 아흔두 살의 친구를 부드럽게 껴안았어요.

옆에서 장난스럽게 웃던 친구의 아이까지도 힘껏 끌어안았지요.

다음번에는 두 사람이 나를 따뜻이 안아 주기를 기대하면서요.

# 06
# 새로운 배움

내 친구 커스틴은 나무 숟가락 만드는 법을 배우고 있어요. 또 다른 친구 멜리사는 브루클린에 있는 집 뒷마당에 배나무를 심어 기르는 법을 익히고 있지요. 일흔여섯 살인 새어머니 다이앤은 물속에서 우아하게 공중제비 도는 법을 터득했답니다.

SNS 이웃들에게도 요즘 무엇을 새롭게 배웠느냐고 물었어요. 그러자 수화, 노르웨이어, 베이글 굽는 법, 거절하는 법 등 야심과 영감이 가득한 대답들이 돌아왔어요. 그들은 인내하는 법도 배웠어요. 좁은 공간에서 여러 사람과 함께 지내기 위해, 재택근무를 하면서 아이들을 가르치기 위해, 적은 수입으로 생활하기 위해, 뜻밖의 큰일을 겪어도 당황하지 않기 위해, 절망에 빠져도 희망을 잃지 않기 위해서 말이에요.

새로운 걸 배우는 일은
언제나 우리에게 기대감을 안겨 준답니다.
가령 그게 모르던 단어 하나라고 해도 말이에요.

# 07
# 새로운 단어

내 아버지는 철통같은 기억력에 어마어마한 어휘력을 가졌어요. 하지만 그런 아버지도 모르는 단어와 마주칠 때가 있어요. 그때마다 아버지는 내게 문자 메시지를 보내 그 단어를 아는지 묻고, 나는 단어의 뜻을 알아내려고 애써요. 이를테면 이런 단어들이에요.


• 스터파지(staffage): 풍경화에 사람이나 동물 따위를 작게 그려 넣는 일

• 티틀(tittle): 글자 위에 찍힌 작은 점

• 풀부스(fulvous): 황갈색의

• 히스피드(hispid): 억센 털이 있는


아버지와 나는 대화를 주고받으며 낯선 단어들을 자연스럽게 익히는 걸 목표로 삼고 있어요. 우리는 매일 새로운 단어를 발견하기를 기대한답니다.

# 08
# 박수

우리는 힘을 합쳐 무언가를 이루었거나 경험을 공유했거나 함께 즐거워할 일이 생기면, 다 같이 박수 치며 기쁨을 표현해요. 극장에서 연극을 감상하거나 콘서트에서 가수의 노래를 듣거나 어린아이들의 장기 자랑을 보았을 때도 힘찬 박수를 보내며 응원하고 고마움을 드러내지요.

박수로 마음을 전할 만한 또 다른 무언가를 떠올려 보세요. 고된 하루 업무를 끝마친 노동자, 우편물을 배달하는 우체부에게도 박수를 보내고 싶어요. 그들이 땀 흘려 수고한 덕분에 우리가 이렇듯 편안하게 생활하고 있으니까요.

꼭 사람에게만 박수를 보낼 필요는 없어요. 언젠가 집에서 기른 오리들이 첫 비행에서 돌아와 내 발 앞에 내려앉았을 때 너무나 기뻐 박수 치며 환호성을 질렀어요. 머나먼 산을 향해 "산아, 너는 정말 멋져!"라고 외치며 박수 친 적도 있답니다. 우리에게 멋진 풍경과 소중한 자원을 안겨 주니 얼마나 고마운 일이에요?

# 09
# 11시 11분의 약속

아이들이 어렸을 때 우리는 종종 영화 「E.T.」 주인공들처럼 손가락 끝을 맞댄 채 "삐이익" 하고 버저 소리를 냈어요. 아이들이 전화기를 오래 붙들고 있는 나를 부를 때도, 내가 등교하는 아이들에게 조심히 다녀오라고 당부할 때도 우리 사이에는 버저 소리가 오갔어요. 그 소리에는 "사랑해.", "과일 먹는 걸 잊지 마.", "세상의 모든 고통과 부당함으로부터 안전하기를!" 같은 여러 의미가 담겼지요.

아이들이 열한 살이 된 무렵부터는 매일 오전 11시 11분이 되면, 짧게나마 대화하기로 약속했어요. 아이들이 시간을 허투루 보내지 않기를 바라는 마음에 시작했지요. 그러다 아이들이 중학생이 되어 휴대폰이 생긴 뒤로는 대화 대신 문자 메시지를 주고받았어요. 이제 아이들은 대학을 졸업하고 각자의 길을 가고 있지만, 우리 셋은 여전히 오전 11시 11분마다 문자 메시지를 주고받아요. 가끔은 하루에 두 번씩, 그러니까 밤 11시 11분에도 연락해요. 11시 11분은 우리 가족이 기대하는 대화 시간이랍니다.

아, 손가락 끝에서 버저 소리가 나는 것 같네요.

# 10
## 첫눈

오스트레일리아에서 나고 자라서 미국으로 이주하기 전까지 눈 내리는 광경을
한 번도 보지 못했어요. 미국에서 생활한 지 이십 년이나 된 지금은 눈 내리는 게
그다지 신기하지 않아요. 그래도 해마다 겨울이 다가오면 첫눈을 기다려요.
곧 눈이 내릴 거라는 건 하늘을 가만히 살피면 알아차릴 수 있어요. 그때는 하늘이
알을 품은 거위처럼 몸을 한껏 낮추고 사방이 고요해져요. 그러다 눈송이가
천천히 흩날리기 시작하고, 마침내 하늘에서 베개 싸움이라도 벌이는 듯 눈송이가
깃털처럼 어지러이 휘날려요.

눈 쌓인 시골 풍경은 정말 아름다워요. 빅토리아 시대 사람들이 주고받던
크리스마스카드처럼 세상이 온통 반짝거리지요. 바깥으로 나가 첫눈을 맞으며
마음껏 돌아다니다가 집 안으로 들어와서 불을 피우고 따뜻한 토디*를 마시면,
한없이 고요하고 아늑한 기분이 들어요. 도시에서도 눈이 내리면 모든 사람이
잠시 속도를 늦춘답니다. 새하얀 눈으로 뒤덮인 세상은 조용하면서도 아름다워요.
아이들은 행복해 보이고요. 이러니 첫눈을 기대하지 않을 수 있겠어요?

✖ 겨울철에 마시는 따뜻한 칵테일로, 스코틀랜드에서는 감기 기운이 있을 때 흔히 이 술을 마셔요.

# 11
# 표정 그린 달걀

자, 냉장고에서 달걀을 꺼내 표정을 그려 넣어 볼래요? 누구도 말리지 않을 거예요! 달걀에 이런저런 표정을 그려 두면, 냉장고 여는 순간을 기대하게 돼요. 달걀을 볼 때마다 반갑게 "달걀아, 안녕!" 하고 인사하고 싶어질지도 모르지요.

한번 시도해 보세요. 생각보다 더 재미있을 거예요!

# 12
# 차 한 잔

커피가 하루를 활기차게 보내도록 힘을 준다면, 차 한 잔은 정신없이 바쁜 일상에 잠시 한숨 돌릴 여유를 줘요. 차를 마시면 왠지 모르게 안심이 되고 위안을 얻어요. 시간이 느릿하게 흐르는 기분마저 들지요. 차를 마실 생각으로 레인지 위에 찻주전자를 올려놓기만 해도 이내 마음이 차분해진답니다.

# 13
## 맨드라미꽃

뇌처럼 생긴 맨드라미 꽃잎은 단단하고 뻣뻣해요. 손으로 쓰다듬거나 가볍게 톡톡 쳐도 여간해선 꽃잎이 떨어지거나 찢어지지 않아요. 머리가 아플 때 뇌를 닮은 이 꽃을 가만히 바라보고 있으면, 왠지 모르게 기분이 조금 나아지는 것 같아요.

# 14
# 오래된 노래

얼마 전 슈퍼마켓에 들렀을 때였어요. 전구와 성냥, 수세미 따위가 놓인
매대 사이를 걷는데, 매장 스피커에서 옛 노래 「위치토 라인맨(Wichita Lineman)」이
흘러나왔어요. 그 순간, 가장 친한 친구에서 남편이 되었고, 지금은 그리운
전남편으로 남아 있는 닉이 떠올랐어요.

한때는 이 노래 제목이 「위치토 라인맨」이라서 가사에 마녀(위치, witch)나 사자 같은
사람(라이언 맨, lion man)이 등장할 거라 생각했어요. 인터넷에서 가사를 검색해 보고
나서야 마녀나 사자와 전혀 상관없는 노래라는 사실을 알았지요. 아무튼 닉은 이
노래를 즐겨 들었어요. 특히 모스 부호 같은 비트가 들리는 부분을 좋아했어요.
슈퍼마켓 6번 통로에서 삼 분쯤 머무는 동안 나는 스무한 살 시절로 돌아갔어요.

닉과 나는 차에 몸을 싣고 오스트레일리아의
먼지 자욱한 사막 지대인 아웃백 도로를 마음껏 달려요.
닉은 운전석에서 "딧 다 딧 다 딧" 하고 신나게 노래를 불러요.

이렇듯 옛 노래는 우리를 지나간 시절로 데려가기도 한답니다.

# 15
# 들꽃 씨앗

자주 다니는 길 주변에 맨땅이 드러난 곳이 있나요? 이른 봄이 되면 그곳에 들꽃 씨앗을 뿌리고 물을 조금씩 주거나 비가 오기를 기다려 보세요. 몇 주 뒤에는 언제 꽃이 피었나 싶게 맨땅이 화사한 꽃밭으로 바뀌어 있을 거예요. 수레국화꽃, 야생 당근꽃, 양귀비꽃 같은 들꽃이 가득 피어난 꽃밭 앞에 섰을 때 얼마나 기쁠지 상상해 보세요.

여름이 끝날 무렵에는 씨앗을 모아 보아도 좋을 거예요. 그 씨앗들을 보관해 두었다가 이듬해 봄에 뿌리면 더욱 아름다운 꽃밭을 만들어 낼 수 있을지도 모르잖아요?

# 16
# 새 떼

어렸을 적 오빠와 나는 함께 산책하거나 차를 타고 갈 때마다 무리 지어 나는 새 떼를 찾으려고 목을 길게 빼고는 하늘을 올려다보았어요. 어머니는 새 떼를 발견하면 "새 떼를 보면 깜짝 선물이 생긴다잖아. 선물이 언제쯤 생길 것 같니?" 하고 물었어요. 그러면 오빠와 나는 기다렸다는 듯 소리쳤지요.

"4시 15분에요!"

"다음 주 토요일에요!"

"저 모퉁이를 돌면 생길 것 같아요!"

우리 둘의 예측이 얼마나 맞아떨어졌는지는 잘 기억나지 않아요. 하지만 새 떼를 발견하고 나면 꽃다발을 만들거나 차 한잔을 정성껏 끓여서 어머니를 기쁘게 했던 기억이 생생하게 떠올라요. 어머니 몰래 준비한 깜짝 선물이었지요.

어른이 된 지금은 새 떼를 보았다고 해서 깜짝 선물을 기대하진 않아요. 그렇지만 갑자기 하늘로 치솟았다가 빠르게 하강하고 구름처럼 모였다가 흩어지는 새 떼를 보고 있자면, 왠지 모르게 좋은 일이 생길 것 같은 기분이 들어요. 새 떼가 어디로 날아가는지, 다시 돌아올지도 궁금하고요.

# 17
# 개

이웃 농장에 사는 개 디젤은 우리 집에 자주 놀러 와요. 목욕을 잘 하지 않는지 털이 축축하고 조금 지저분한 데다 스컹크 냄새까지 풍겨요. 그래도 우리는 디젤을 매번 반갑게 맞이한답니다.

우리가 디젤을 주인집에 데려다주면, 디젤은 또 우리를 집까지 데려다줘요. 그러면 우리는 또다시 디젤을 집에 데려다주지요. 집으로 돌아가는 길에 디젤은 토끼를 쫓거나 우엉밭에서 뒹굴뒹굴 구르기도 해요. 우리는 그 모습을 웃으며 지켜보다가 디젤을 다정하게 쓰다듬고, 디젤은 우리 다리에 기대어 기분 좋은 듯 미소를 지어요. 스컹크 냄새를 풍기면서요.

# 18
## 비

당신이 지금 막 머리를 감았거나 풀을 베어 말리기 시작했다면, 비가 오지 않기를 바라겠지요. 하지만 작은 나무에 물을 주고 싶을 때, 마른 시냇물을 보았을 때, 물탱크를 채우고 싶을 때, 어디선가 산불이 났다는 소식을 들었을 때, 먼지로 뒤덮인 세상이 깨끗해지기를 바랄 때는 누구나 비를 기다릴 거예요.

비가 내리면 집 안에 은은한 조명을 켜 놓고 빗방울이 창문에 무늬를 그리는 광경을 가만히 지켜보세요. 기다리고 기다리던 비가 내릴 때는 우산 없이 빗속으로 뛰어들어 하늘을 향해 얼굴을 들어 올려도 보고요.

# 19
# 무지개

　　무지개는 비가 그친 뒤 햇빛이 안개 같은 미세한 물방울에 굴절되고 반사되고
분산되어 생기는 자연 현상이에요. 비 온 뒤에 햇빛이 나면 해를 향해 서서 시선을
살짝 위로 향해 보세요. 눈앞에 예쁜 무지개가 떠 있다면, 무지개를 바라보며
소원을 빌어 보는 거예요.


　　무지개가 보이지 않아도 괜찮아요.

　　커다란 무지개를 그려서 창문에 걸어 두면 어떨까요?

　　무지개가 그려진 작은 깃발을 들고 거리에 나가 흔들어 보는 건요?

　　여러분의 따뜻한 마음을 사람들에게 전하는 거예요.

　　세상은 아름답고 우리 삶에는 언제나 기대할 만한 것들이

　　가득하다는 메시지와 함께요.

# 20
# 열지 않은 선물 상자

오래전, 세상에서 가장 사랑하는 사람들에게 상처 주는 일인 줄 알면서도
'이별'이란 어려운 결정을 내려야 했던 적이 있어요. 그러고 나서 몇 주, 아니 몇 달
동안은 하염없이 슬프고 우울하고 외로웠어요.

그러던 어느 날, 동네 가게에서 유리 공예가가 숨을 불어 넣어 만든 작은 꽃병을
발견했어요. 가게 주인은 누군가에게 선물할 거냐고 물었고, 나는 그렇다고
대답했어요. 주인은 꽃병을 작은 상자에 넣고 정성껏 포장한 뒤 검은 리본을
둘러매 주었어요. 나는 그 상자를 옷장 위에 올려놓았어요.

해가 열네 번 지나고 집을 세 번이나 옮겼지만, 상자는 여전히 열리지 않은 채
그대로예요. 앞으로도 몇 년 동안은 상자를 가끔 바라보기만 하고 열지 않을
생각이랍니다.

# 21
# 달

우리는 전 세계 어디에서나 같은 달을 보고 있어요. 먼 옛날 원시 인류가
보았던 달을 오늘날에도 보고 있지요. 크고 둥근 달이든, 작고 가느다란 초승달이든,
뜨는 달이든, 지는 달이든 상관없이 말이에요. 우리 인류는 오랫동안 보름달을
올려다보며 언제 씨앗을 뿌리고 곡식을 거두어야 할지, 언제 기러기가 돌아올지
등을 가늠했어요. 사는 곳에 따라 조금씩 차이가 있었지만, 달은 삶의 시계 같은
역할을 했지요. 달은 마치 지구에 있는 시간을 최대한 잘 활용하라고 우리를
일깨우는 것 같아요.

보름달을 바라볼 때마다 인간이 우주로 날아가서 달 표면에 발을 디뎠다는 사실을
떠올리며 놀라곤 해요. 하늘에 뜬 보름달 아래에 선 '나'라는 존재가 얼마나 작고
보잘것없는지 새삼 깨닫기도 한답니다.

# 22
# 결혼식

결혼식만큼 기쁘고 행복한 일이 또 있을까요? 내가 아닌 누군가의 결혼식도 마찬가지예요. 나는 처음 들러리를 선 날을 아직도 잊지 못해요. 그 결혼식의 주인공이었던 카일리와 피오나는 누가 보아도 행복한 커플이었어요. 피오나가 입은 드레스는 정말 아름다웠지요! 내 친구 앤은 케이크를 준비해 왔고, 나는 신부와 신랑을 향해 쌀알을 던졌어요.

그 뒤로도 여러 결혼식을 다녔는데 모두가 특별했고 즐거웠어요. 지루하고 딱딱한 주례사와 새겨들을 만큼 멋진 주례사, 술 취한 아저씨들과 어색하고 촌스러운 차림새를 한 하객들, 일 년도 안 되어 갈라설 것 같은 커플과 백년해로할 듯 행복해 보이는 커플……. 어떤 결혼식이든 재미있는 추억으로 남았어요.

한동안 결혼식이 없자 에드와 나는 우리라도 결혼하자고 마음먹었어요. 결혼식 장소를 정하고 청첩장과 연주곡 목록도 준비했어요. 내가 입을 드레스를 직접 한 땀 한 땀 바느질하며 만들었지요. 그런데 갑자기 팬데믹이 일어난 거예요! 당시 정해 둔 결혼식 장소는 변함없이 그 자리에 있고, 바느질하다 만 드레스 자락에는 여전히 바늘이 꽂혀 있어요. 초청할 손님 명단은 늘었다가 줄었다가 해요. 언제가 될지는 모르지만, 나는 설레는 마음으로 우리의 결혼식을 기다리고 있답니다.

# 23
# 아기

오늘도 세상 어딘가에서는 갓 태어난 아기의 울음소리가 울려 퍼질 거예요.
새 생명이 태어날 때마다 우리는 명심해야 해요. 아기가 더 희망차고 나은 미래를
맞이할 수 있도록 애써야 할 책임이 우리에게 있다는 사실을 말이에요.

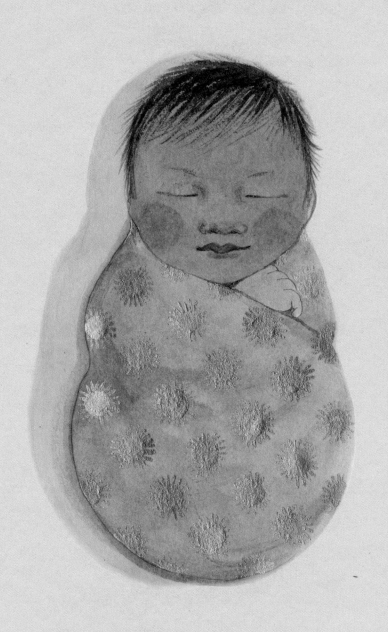

# 24
# 헤엄

이 세상으로 나오기 전 우리는 어머니 배 속 따뜻한 물에서 알몸인 채로 떠 있었어요. 그곳을 나온 뒤로는 의자에 엉덩이를 붙이고 앉거나 땅에 발을 디딘 채 대부분 시간을 보내며 살아가지요. 하지만 마음만 먹으면 태어나기 전처럼 물속으로 뛰어 들어가 온몸을 맡길 수 있답니다.

숲속 시원한 계곡물이나 멀리 수평선이 보이는 바닷물에 몸을 담그는 상상을 해 보세요. 거추장스러운 옷이나 신발, 휴대폰은 물론 걱정과 두려움까지 물 밖에 두고 몸만 들어가는 거예요. 가볍게 헤엄쳐도 좋고 흐르는 물에 몸을 가만히 내맡겨도 좋아요. 몸이 수면 위로 떠오르면 마음이 평온해지고, 지금 나에게 진정으로 필요한 게 무엇인지 깨닫게 될지도 몰라요.

# 25
# 안경

내 아이는 아홉 살 때 처음으로 안경을 썼어요. 그 전까지만 해도 그 애는 꿈에도 몰랐다고 해요. 사람들이 나무에 달린 잎 하나하나가 어떻게 생겼는지 볼 수 있다는 사실을 말이에요. 자기처럼 다른 사람들 눈에도 나뭇잎이 흐릿하게 보일 거라고만 생각했대요. 안경이 아이에게 완전히 새로운 세상을 보여 준 거예요.

이제는 나도 중년이 되어 시력이 나빠지면서 안경을 쓰게 되었어요. 내 얼굴에 어울리고 사물을 좀 더 또렷이 볼 수 있는 새 안경을 찾고 싶네요. 사물이 흐릿하게 보인다면 여러분도 새 안경을 써 보세요. 작디작은 바늘구멍에 실도 손쉽게 꿸 수 있을걸요?

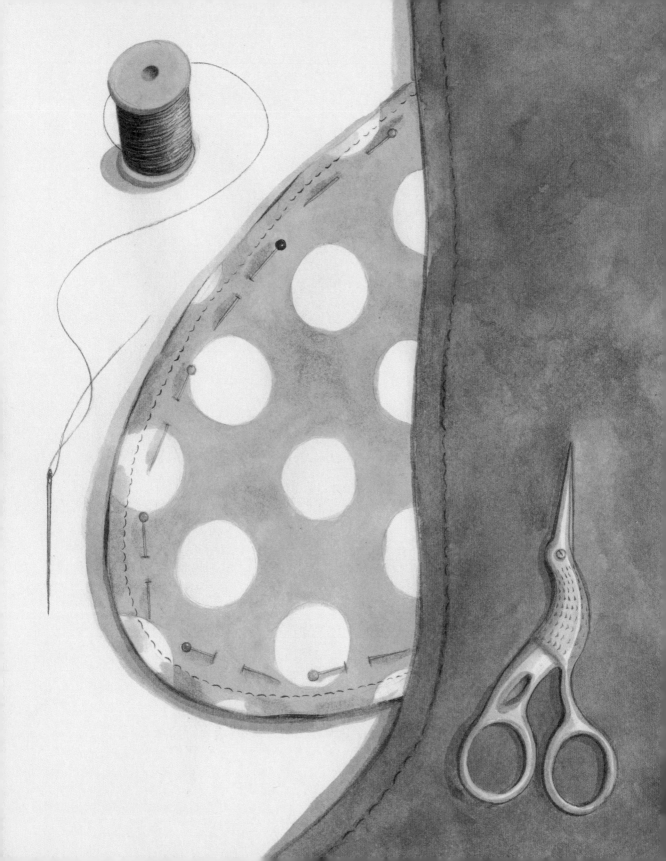

# 26
# 바느질

내가 가장 아끼고 좋아하는 옷은 낡은 벨벳 코트예요. 이 코트에는 연두색
바탕에 하얀 물방울무늬가 박힌 주머니 두 개가 붙어 있어요. 그런데 코트가
오래되다 보니 양쪽 주머니 여기저기에 구멍이 뽕뽕 뚫린 거예요. 손을 넣으면
손가락이 구멍으로 쏙 들어가서 불안했어요. 주머니에 열쇠나 동전을 무심코
넣었다가 구멍으로 빠져나가서 잃어버린 적이 몇 번 있거든요.


요즘에는 새 안경을 쓰니 바느질이 훨씬 쉬워져서
구멍 난 주머니를 직접 기워 볼 참이에요.
숲이나 해안가를 산책하며 주운 열매나 조개껍데기를
잘 꿰맨 주머니에 넣어 모을 생각을 하니
벌써 기대된답니다.

# 27
# 조약돌

오스트레일리아 남부의 해변에서는 특이한 무늬가 새겨져 있거나 화석이 박힌 조약돌을 흔히 볼 수 있어요. 어린 나는 그런 조약돌을 즐겨 모으곤 했지요. 지금도 여행하면서 조약돌 모으는 걸 좋아해요. 그리스 폴레간드로스섬에서 주운 원반 모양의 매끄러운 녹색 조약돌, 아이슬란드의 화산 경사면에서 구한 가운데가 움푹 팬 검은 조약돌을 가방과 주머니에 가득 담아 돌아온답니다. 내게는 조약돌 하나하나가 신비한 역사를 지닌 골동품이자 모험을 기념하는 보물이에요.

나와 함께 사는 에드는 조약돌이 가치 있다는 걸 인정하면서도 집에 보관하는 개수는 제한하고 싶어 해요. 288개까지가 적절하다나요? 그래서 나는 그 이상이 되면, 조약돌에 고래, 혜성, 토끼, 달을 그려 넣어서 주위 사람에게 선물할 생각이에요.

# 28
# 바다

나는 바닷가에서 자랐어요. 어머니와 오빠는 매일같이 해변을 산책했고, 나는 모래사장에 혼자 남아 나무 막대기로 그림을 그렸어요. 그러다 점점 멀어져서 자그마한 점이 되는 두 사람의 뒷모습을 바라보곤 했지요. 어느 날에는 모래로 운하가 있는 도시를 세우고, 또 다른 날에는 조약돌과 조개껍데기로 커다란 나선형 계단을 만들기도 했어요. 파도에 휩쓸려 온 해초를 늘어놓으며 '안녕'이라는 글자 모양을 만들기도 했지요. 가끔은 바다에 제물을 바치는 의식도 치렀어요. 바닷물이 밀려왔다가 빠져나가면서 내가 만든 모든 것을 거두어 가게 한 거예요. 그 광경을 볼 때면 묘하게도 즐거웠어요.

지금 나는 바다와는 멀리 떨어진 산에서 살고 있어요. 숲과 언덕, 시냇물 그리고 야생화가 핀 초원과 그곳을 가로지른 돌담을 좋아하지만, 언제나 바다가 그리워요. 해안 도로를 달리는 자동차 뒷좌석에서 창밖으로 고개를 내민 개처럼 시원한 바다 공기를 들이마시고 싶어요. 파도 속에 뛰어들었다가 모래 위에 몸을 던지고 수평선을 바라보면서 호흡을 가다듬은 뒤 어슬렁거리며 조약돌을 줍고도 싶고요.

정들었던 바다에서 너무 오랫동안 떨어져 지내다 보니, 허먼 멜빌이 쓴 『모비 딕』의 주인공 이스마엘처럼 마음이 싱숭생숭할 때가 많아요. 이스마엘은 바다로 나가고 싶은 심정을 이렇게 표현한답니다.

"입 언저리가 음산하게 일그러질 때,
내 영혼이 부슬비 내리는 축축한 11월 같을 때,
관 파는 가게 앞에서 나도 모르게 걸음을 멈추거나
마주친 장례 행렬의 끝을 따라갈 때,
극심한 우울증에 짓눌린 나머지 거리로 뛰쳐나가
사람들의 모자를 보는 족족 날려 보내고 싶은 충동을 억누르기 위해 아주 강한
도덕적 원칙이 필요할 때,
그럴 때면 나는 되도록 빨리 바다로 나가야 할 때가 되었다고 생각한다."

# 29
# 오래된 책

오랫동안 사람들의 사랑을 받고 몇 번이나 읽어서 친숙할 대로 친숙한 책에는 우리에게 큰 위안을 주는 구절이 담겨 있어요. 물론 요즘 나오는 책도 재미있지만, 마음이 허전할 때는 오랜 친구 같은 고전을 찾게 된답니다.

# 30
# 빨래

나는 빨래를 미루고 미루다가 한꺼번에 하는 편이에요. 그러다 보니 빨래하는 날에는 입을 옷이 겨자색 상의와 구멍 뚫린 레깅스만 남곤 해요. 빨래가 끝나고 말린 옷을 개면 그제야 옷장 안이 정돈된 옷들로 가득 차지요.

나는 19세기 프랑스 농부나 영국 에드워드 시대의 유령, 미국 낸터컷섬의 고래잡이배 선원처럼 보이는 옷들도 가지고 있어요. 그대로 입기보다 조금씩 다른 스타일로 입지만요. 대부분 중고품인 데다 흐물흐물 낡아서 잘 접히지도 않아요. 함께 사는 에드는 늘 제복을 입어요. 어깨 장식과 자수 이름표와 빳빳한 주름이 있는 군복은 아니지만, 옷 가게에서 세심히 고른 제복이에요. 에드는 소설가 귀스타브 플로베르의 조언에 귀 기울이고 사는 것 같아요.

"규칙적이고 질서 있는 삶을 살아야 격렬하고도 독창적인 작품을 만들 수 있다."

에드는 일 년에 한 번씩 옷 가게에 들러 회색 티셔츠 여섯 장과 검은 양말 열두 켤레, 눈에 잘 띄지 않는 색상의 셔츠와 바지를 신중하게 골라요. 세탁한 옷을 갤 때마다 깔끔하게 포개진 에드의 옷더미를 보면, 어찌나 정겹고 친숙한지 가슴이 뭉클할 정도랍니다.

# 31
# 가구 옮기기

우리 할머니는 생전에 단 한 번도 휴가를 떠난 적이 없어요. 그런 할머니가 언젠가 말했어요. "변화는 휴가만큼 즐거운 거야"라고요.

할머니 집은 방문할 때마다 거실이 새롭게 바뀌었어요. 특히 가구가 다른 자리로 옮겨져 있기 일쑤였지요. 가구를 옮기면 좋은 점이 있어요. 소파를 밀다가 그 아래에서 잃어버린 줄 알았던 물건을 찾을 때가 많거든요. 가구를 옮기는 것만으로 사물을 바라보는 관점이 바뀌기도 해요.

에드와 나는 이따금 침대의 눕는 자리를 바꿔요. 침대 위치를 아예 바꾸기도 하고요. 침대를 남북쪽으로 놓고 잘 때와 동서쪽으로 놓고 잘 때는 각각 다른 꿈을 꿀까요? 궁금하다면 오늘 밤엔 침대 위치를 바꾸어 놓고 잠들어 보세요.

# 32
# 되찾은 물건

나는 물건을 곧잘 잃어버려요. 그것도 휴대폰이나 열쇠 같은 일상용품이 아니라 특별히 신경 쓰는 것들을 종종 잃어버리지요. 몇 년 전 상으로 받은 메달도 받자마자 잃어버린 사람이 바로 나랍니다. 기념사진을 촬영한다면서 메달을 들고 포즈를 취해 달라는 요청을 받고서야 잃어버린 사실을 알아챘어요. 어딘가에 떨어뜨린 게 아니라 어디에 보관한 건지 기억나지 않는 게 더 큰 문제였지요. 이런 내가 조약돌이나 지난 세기 사람들의 앨범, 독일산 도자기 틀니, 낡은 양말로 만든 걱정 인형 같은 물건을 수집한다니, 말이 안 되는 것도 같네요.

재미있는 건 내가 다른 사람의 물건은 잘 찾는다는 거예요! 정작 내 물건은 찾지 못해 밤잠을 설치며 끙끙거리다가 다음 날까지도 집 안을 온통 헤집어 놓으면서 말이지요. 잃어버린 물건을 찾았을 때의 기쁨과 안도감을 뭐라고 표현할 수 있을까요? 낯선 사람을 붙들고 고맙다는 인사를 하고 싶을 정도랍니다.

최근에 이사하면서도 여러 물건을 되찾는 기쁨을 느낄 수 있었어요. 이사하면서 잃어버린 물건을 찾는 건 아무래도 극단적인 방법 같지만, 아무렴 어때요? 그중에는 잃어버렸다는 사실조차 몰랐던 물건도 많았는걸요!

# 33
# 정리 정돈

정리 정돈은 일종의 마법이에요. 사람들은 말해요. 양말을 서랍 안에 깔끔하게 개어 두면 삶 전체가 정돈된 느낌이 든다고요. 사실 나는 정리 정돈과 거리가 먼 사람이에요. 흩트려 놓을 줄만 알지 제대로 정리할 줄은 모르거든요. 하지만 그런 나도 가끔은 정리 정돈을 하고 싶어요.

잃어버린 물건을 찾기 위해,

다음 작품을 준비하기 위해,

공간을 깨끗이 비우기 위해,

잠깐이나마 질서를 회복하기 위해,

보이지 않던 보물을 발견하기 위해,

쓸모없는 물건을 치우기 위해,

지우개를 크기와 모양별로 놓기 위해 정리하고 싶어지지요.

친구들을 저녁 식사에 초대하기 위해 정리할 때도 있어요. 곧 도착할 친구들을 기다리며 집 안을 정리하는 시간은 꽤 즐겁답니다.

# 34
# 저녁 식사

대학에 다닐 때 나는 아버지와 새어머니 다이앤과 함께 살았어요. 새어머니는 아침마다 "오늘 저녁엔 뭘 먹을까?" 하고 물었고, 아버지와 나는 온종일 저녁 식사를 기대했어요. 아침이면 새어머니는 육수를 끓이거나 갓 구운 페이스트리*를 식히거나 렌틸콩을 불리곤 했어요. 오후에 수업을 마치고 돌아오면 나는 새어머니를 도와 파스타를 삶거나 토르텔리니**를 빚고, 부추를 데쳤어요. 가끔은 새어머니가 "저녁에 뭘 먹을까?" 하고 물을 때 "냉장고에 남아 있는 음식이나 먹죠, 뭐."라고 대답하기도 했어요. 전날 저녁에 먹다 남긴 음식도 맛있었거든요.

매일의 저녁 식사도 소중하지만, 한밤중까지 이어지는 디너파티는 정말 특별해요! 식탁 위에 아마레티***를 싼 종이와 샴페인 마개 따개가 아무렇게나 놓여 있고, 주위에는 의자가 제멋대로 흩어져 있는 저녁 식사 말이에요. 이런저런 이야기가 오가는 가운데 저마다의 비밀이 드러나고, 촛불이 꺼질 때쯤이면 다 같이 식탁에 그림을 그리거나 낙서하는 거예요. 이튿날 아침에 일어나면 누군가 촛농으로 만들어 놓은 토끼를 발견할지도 몰라요. 그야말로 기대되는 순간이지요!

* 밀가루와 버터, 달걀을 이용해 구운 바삭한 과자예요.
** 파스타의 일종으로, 고기와 치즈 등을 채워 넣은 반죽을 반달 모양으로 접고 양 끝을 이어 붙여 만들어요.
*** 이탈리아 과자로, 아몬드 가루를 이용해 만들어요.

# 35
# 박물관

먼 옛날 인류는 돌멩이를 갈고, 조개껍데기를 채집하고, 천연물감으로 동굴 벽에 그림을 그리고, 부호를 익히고, 죽은 사람을 돌로 묻었어요. 또 앞으로 무엇을 보관하고 무엇을 기록하며 후세에 어떤 이야기를 남길지 생각했지요. 인간이 동물과 다른 점은 과거, 현재, 미래를 생각할 수 있다는 거 아닐까요? 오랜 옛날부터 인간은 감춰진 역사를 알기 위해 과거를 돌아보고, 미지의 일을 예측하기 위해 미래를 내다보려고 애써 왔어요.

먼 옛날 인류의 흔적을 확인할 수 있는 곳이 있지요. 바로 박물관이에요. 박물관을 돌아다니며 오늘날 우리와 지난날 조상들의 생활이 어떻게 다른지 살펴보는 일은 흥미로워요. 뉴욕 맨해튼에 있는 미국 자연사 박물관의 어두운 복도를 걷다가 박제된 늑대와 마주치면, 늑대 한 마리가 달빛 아래에서 눈 쌓인 벌판을 뛰어다니는 풍경을 쉬이 상상할 수 있어요. 뉴욕 현대 미술관에서 메레 오펜하임*의 작품 「오브제, 모피로 된 아침 식사」를 보면, 십 대 시절 침실 벽에 붙여 두었던 그림엽서가 떠오를지도 모르지요. 뉴욕 메트로폴리탄 미술관에는 어윈 언터마이어**의 골동품 침대가 전시되어 있다는 거 아세요? 이 유명한 침대는 E. L. 코닉스버그의 소설 『클로디아의 비밀』에도 등장한답니다. 집을 나가 박물관에 숨어 지내는 어린 주인공들의 잠자리가 되어 주지요.

미국에는 특이한 박물관이 많아요. 알래스카주에는 세계에서 유일한 망치 박물관이 있고, 위스콘신주에는 겨자 박물관이 있어요. 뉴멕시코주에는 UFO 박물관도 있답니다.

어떤 박물관들은 우리 삶에 변화를 일으키기도 해요. 네덜란드 암스테르담의 '안네 프랑크의 집'은 제2차 세계 대전 당시 유대인 소녀 안네 프랑크의 가족과 친구들이 나치를 피해 이 년 넘게 숨어 지냈던 비밀 별관이에요. 아프리카 동남부에 있는 르완다에는 1994년 잔인하게 살해된 이십오만 명의 유해와 이름, 스냅 사진, 피 묻은 옷 등이 보관된 키갈리 대학살 추모 기념관이 있어요.*** 이곳들에 방문하면, 인간의 존엄성에 관해 다시 한번 생각하게 될 거예요. 오랫동안 간과해 온 역사를 되돌아볼 수 있을 뿐만 아니라 시야가 넓어지고 안일한 생각에서 벗어날 수 있지요.

집 안에 나만의 박물관을 만들어 보는 건 어떨까요? 보관함을 하나 마련하면,

수집품과 기념품을 방치하거나 잃어버리지 않고 간직할 수 있어요. 전남편인 닉과

함께 살 때 닉의 아버지 짐이 쓰던 창고에서 상표 붙은 퓨즈를 하나 발견했어요.

우리는 그것을 믿음직하고 검소했던 한 남자의 기념품으로 간직하기로 했어요.

수십 년이 지난 지금은 닉의 아버지도 닉도 세상을 떠나고 없지만, 그 퓨즈는

여전히 내 소중한 소장품으로 남아 있어요. 지극히 사소한 물건이지만, 두 사람과 내

삶이 조화롭게 엮인 공간과 시간을 되돌아보게 하는 보물이지요.


이렇듯 우리가 만든 작은 박물관은

우리가 누구인지, 사랑한 사람들과는 어떻게 지냈는지

많은 이야기를 들려준답니다.

✖ 독일 출신으로 스위스에서 활동한 화가이자 조각가예요. 그의 대표작 「오브제, 모피로 된 아침 식사」(1936)는 찻잔과 접시, 숟가락에 모피를 입힌 작품이에요.
✖✖ 미국 뉴욕에서 활동했던 변호사이자 법학자예요. 평생 다양한 예술품과 골동품을 수집했고, 뉴욕 메트로폴리탄 미술관에 이천 점이 넘는 작품을 기증했어요. 1700년경에 만들어진 골동품 침대도 그중 하나랍니다.
✖✖✖ 1994년 르완다의 후투족과 투치족 간의 갈등이 절정에 이르렀고, 이때 발생한 인종 학살로 팔십만 명 이상이 목숨을 잃었어요.

# 36
# 마무리

이따금 '책 만드는 일을 하지 않았다면, 난 지금 무엇을 하고 있을까?' 하는
생각에 빠져요. 어쩌면 미완성 프로젝트 박물관을 열어 그 안을 채우고 있을지도
몰라요. '즐거운 나의 집'이라고 완성해야 하는데 '즐거운 나까지만 수놓다가 만
십자수 샘플러나 엉성한 에펠 탑 성냥개비 모형 같은 걸 전시하는 거예요. 야심
차게 시작한 프로젝트를 알 수 없는 이유로 중단한 채 내버려 둔 적이 한두 번이
아니에요. 대단한 프로젝트가 아니더라도 끝내지 못한 것들이 많지요. 서른세
조각을 더 붙여야 하는데 겨우 세 조각만 붙이다 만 퀼트 천, 새끼처럼 꼬아서 엮어
양탄자를 만들 요량이었지만 한 줄도 꼬지 않고 모아 놓기만 한 헝겊……

하던 일을 제대로 마무리 지으면 속이 후련하고 만족스러워요. 몇 주 동안 식탁을
점령하던 퍼즐의 마지막 조각을 맞추거나 항생제 치료를 위해 마지막 알약을
삼키거나 책의 마지막 문장을 읽고 표지를 덮거나 치약 튜브를 눌러서 마지막 치약
한 방울까지 짜내거나 마라톤 결승선을 비틀거리며 통과하면, 무언가를 해냈을
때의 기쁨을 느낄 수 있어요!

무언가를 마무리 짓는다는 건
무언가를 다시 시작할 수 있다는 의미이기도 하답니다.

# 37
# 사랑

　스물한 살 때 닉을 만났어요. 스물다섯에 우리는 결혼했고, 스물여섯에
첫아이를 낳았지요. 닉은 재즈곡 「마이 퍼니 밸런타인(My Funny Valentine)」을 치아로
연주할 줄 알았어요. 게다가 오래된 식탁보로 1930년대 스타일의 무대 의상을
만들어 내거나 핼러윈 코스튬을 멋지게 완성해 뉴스에까지 출연한 적도 있었지요.
성미가 급해 곧잘 화내곤 했지만, 남을 잘 웃기는 사람이라서 나는 닉 때문에
울먹이다가도 웃음을 터뜨리곤 했어요.

　우리 사이에는 건강하고 멋진 아이가 둘이나 생겼고, 그것만으로도 충분히
행복하다고 여겼어요. 그 뒤로 하루하루가 정신없이 흘러갔어요. 등하교 시간에
맞춰 아이들을 학교에 데려다주거나 데려와야 했고, 매일같이 목욕시키거나
잠자리를 봐 주어야 했으니까요. 간식을 만들거나 장난감 자동차, 각종 오락 기구를
사들이느라 여념이 없었어요. 그리고 시간이 흘러 나는 에드를 만났어요.

　　사랑에 빠지면 처음에는 눈이 멀어 제대로 보지 못하다가
　　서로를 선명하게 알아보는 순간을 마주하게 돼요.

에드를 만났을 때도 그랬어요. 처음에는 잘 보지 못했지만, 곧 그를 뚜렷하게 볼

수 있었어요. 아름다운 옆모습, 복스럽게 생긴 귀, 다정한 눈빛…… 그 모든 것이 확연하게 보였지요. 말할 때마다 티셔츠 소매를 듬직한 어깨까지 밀어 올리는 모습도 눈에 들어왔어요. 심장이 뛸 만큼 깔끔하고 멋진 글씨체, 일정한 보폭을 유지하는 걸음걸이, 책 읽는 모습, 가방 없이 책이며 노트며 펜이며 휴대폰 따위를 맨손에 들고 다니는 모습, 요리책을 보면서 식재료를 하나하나 작은 그릇에 담는 모습, 양파를 썰거나 농구공을 드리블하거나 아이의 신발 끈을 묶을 때 혀를 쏙 내미는 모습, 아기를 까르르 웃게 하는 익살스러운 표정, 나를 웃게 할 때 짓는 특이한 표정, 그림 그리는 내 손을 떨게 하는 얄궂은 표정……. 나는 에드의 다양한 모습에 점차 익숙해져 갔어요. 에드 역시 그 누구보다 나를 선명하게 볼 줄 알았어요.

나는 에드를 만나면서 내가 그 전에는 사랑에 빠진다는 것이 무엇인지, 그 대가로 사랑받는다는 것이 무엇인지 전혀 몰랐다는 사실을 깨달았어요. 돌이켜 보면 가슴 벅찬 날들을 에드와 함께했어요. 그 감동은 십사 년이 지난 지금도 변함없답니다.

여러분도 사랑에 빠지는 날을 기대해 보세요.

혹시 아직 사랑을 찾지 못했거나 사랑을 잃어버렸다면,

아마도 사랑은 여러분이 기대하지 않는 순간에

찾아올 거예요.

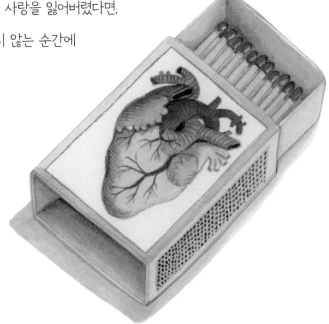

# 38
# 보내는 편지

지난 몇 년간 떨어져 지내면서 사람들은 우편으로 편지나 물건을 주고받는
즐거움을 경험했어요. 우리는 서로 만지거나 맞닿으며 연결되기를 갈망하는데,
그것을 편지가 대신 해 준 거예요. 편지를 받은 사람은 보낸 사람이 직접 손으로
쓴 편지를 만지면서 읽으니까요. 인터넷이나 휴대폰을 통한 전자 메시지는 단숨에
보낼 수 있어서 편리하기는 해도 손 편지만큼 편지 받을 사람에 대해 생각할
여유를 주진 않아요. 손 편지를 쓰는 동안에는 상대방이 봉투를 뜯어서 바로
읽을지, 주전자에 찻물을 끓이며 천천히 읽을지, 답장을 보내올지 말지 여러 상상을
하게 된답니다.

# 39
# 받는 편지

할머니는 돌아가시기 전, 다음 해에 보낼 생일 카드를 미리 써 두셨어요.
어머니가 신발 상자에서 그 카드를 발견하고 우편함에 넣은 덕분에 우리는
할머니가 돌아가신 뒤에도 할머니의 생일 카드를 받는 신기한 경험을 했지요.
카드에는 "생일 축하한다. 사랑하는 할머니가."라는 메시지가 할머니의 손 글씨로
쓰여 있었어요.

이메일이나 문자 메시지에서는 얼그레이차나 난롯불 장작 향을 맡을 수 없어요.
마당의 고무나무에서 딴 이파리를 같이 보낼 수도 없고요. 버몬트주에 사는
친구가 우편을 통해 선물해 준 스위즐 스틱* 같은 예쁜 물건도 이메일로는 보낼 수
없지요. 최근에는 해변에 사는 친구가 선물 받은 고운 모래를 반으로 나누어 내게
보내왔어요. 손가락 사이로 모래를 흘려보내며 한 번도 가 본 적 없는 해변에 있는
내 모습을 상상할 수 있었답니다.

✖ 칵테일을 저을 때 사용하는 스틱이에요. 다양한 디자인으로 만들어지다 보니 수집하는 사람들이 많아요.

# 40
# 새 모이

어머니는 일 년쯤 혼자 생활한 적이 있어요. 당시 어머니는 매일 창가에 새 모이를 놓아두었는데, 들비둘기부터 까치와 앵무새까지 찾아왔어요. 어머니는 새들에게 말을 걸어 친구들을 데려오라는 당부도 했답니다.

사촌 톰은 사람들에게 둘러싸여 바쁘게 살면서도 누구보다 일찍 일어나요. 일어나자마자 마당으로 나가 밀웜을 가득 담은 손바닥을 쭉 뻗고 서 있지요. 새끼 울새들이 손바닥에 내려앉아 밀웜을 먹을 때까지 참을성 있게 기다리는 거예요.

나와 에드는 매일 새 모이통에 검은 해바라기 씨앗과 빨간 과일즙을 채워 둬요. 청설모와 다람쥐가 씨앗을 놓고 벌이는 싸움을 훔쳐보는 것도, 어치며 박새며 딱따구리며 황금방울새가 날아와 모이통을 덮칠 듯 내려앉는 모습을 지켜보는 것도 얼마나 재미있는지 몰라요.

어느 여름날 저녁, 정원 의자에 앉아 책을 읽다가 윙윙거리는 소리를 듣고 고개를 들어 위를 올려다보았어요. 무지갯빛을 띤 자그마한 벌새 한 마리가 머리 위를 날고 있었어요. 얼마나 앙증맞고 예쁜지 넋을 잃고 쳐다보았지요. 벌새는 곧 어디론가 날아가 버렸어요. 나는 지금도 그 벌새가 돌아오기를 기다리고 있답니다.

# 41
# 운동

에드는 사람들이 매일 규칙적인 운동을 하면 좋겠다고 이야기해요. 몸과 마음을 건강하게 만드는 데 운동만 한 건 없다고 확신하고 있지요. 에드는 엔도르핀에 관해 설명하면서 달리기, 자전거 타기, 농구 게임이 얼마나 즐겁고 건강에 좋은 운동인지 모른다며 침이 마르도록 찬사를 쏟아 내요. 에드 말고도 내 주위에는 운동을 좋아하는 사람들이 많아요. 새어머니 다이앤만 해도 날씨에 상관없이 매일 새벽마다 바다 수영을 한답니다. 친구나 이웃들은 내게 줌바 수업, 유산소 운동 클럽, 반려견과의 조깅 동호회 등에 함께 참여하자고 권해요.

나는 그저 테이블 앞에 앉아 손으로 무언가를 만지작거리는 걸 좋아해요. 하지만 눈을 치우거나 장작을 쌓거나 돌담 쌓는 일을 해야 할 때면 가만히 앉아만 있지 않아요. 땀 흘리고 목마르고 몸이 지저분해지더라도 목표를 이루기 위한 과정이라 생각하며 즐겁게 몸을 움직이지요. 특히 땀 흘려 일한 뒤 샤워하고 깨끗한 옷으로 갈아입고 물을 한 잔 들이켜는 순간은 기대할 만하지 않나요?

# 42
# 물 한 모금

날씨가 춥거나 비바람이 불면 누구나 따뜻한 공간을 찾아요. 기분이 쓸쓸하거나 피곤하면 이불 속으로 기어들고 싶고, 배가 고프면 토스트 한 조각이 생각날 거예요. 하지만 목이 탈 때는 물 한 잔만큼 간절해지는 게 없어요.

나는 21세기 뉴욕에서 살고 있어요. 수도 시설 없이 우물에서 물을 길어다 쓰는 르완다 부레라 지역이나 비가 내리지 않아 한숨짓는 오스트레일리아 가이라 마을의 주민들처럼 물 걱정할 일이 없어요. 미시간주 플린트에 사는 부모들처럼 수돗물이 납으로 오염되어 아이들이 병에 걸리지 않을까 염려할 필요도 없지요.

하지만 그런 나도 물 때문에 고생한 순간이 있어요. 언젠가 에드와 함께 비를 홀딱 맞으면서 산에서 야영을 했어요. 다음 날 우리는 물이 거의 없는 물병을 들고 정상을 향해 올라갔어요. 개울은 나타나지 않았고 목이 탔던 나는 숨을 헐떡거리며 물웅덩이를 찾아 주위를 살폈어요. 지칠 대로 지쳐서 주저앉고 싶었을 때, 바위 너머에서 물 흐르는 소리가 들렸어요! 겨우 발견한 개울물을 떠 한 모금 마셨을 때 어찌나 달고 시원했는지 몰라요. 마치 땅속 깊은 곳에서 올라온 보약을 마시는 기분이었답니다.

# 43
# 낮잠

주위를 둘러보면 잠드는 법을 잊어버린 듯한 사람이 많아요. 특별히 깨어
있어야 할 이유가 있는 것 같지도 않은데 말이에요. 잠을 이루지 못하는 이유는
여러 가지일 거예요. 언제 또 닥칠지 모르는 재해, 멸종 위기에 처한 생물들, 국가
간 전쟁, 정치와 불평등으로 분열된 공동체, 늘어나는 실업률과 의료비, 밀려드는
세금 고지서, 국경에서 헤어진 가족, 끼니를 거르는 아이들, 책도 신발도 없는
아이들, 누군가에게 말하지 말았어야 할 이야기, 말하지 않은 이야기, 응답 없는
이메일, 잃어버려서 찾을 수 없는 물건, 별것도 아닌 무언가에 대한 집착, 어제까지만
해도 단단했던 값비싼 아보카도가 오늘 아침에 보니 너무 익어서 버려야 할까 말까
고민하는 일 등으로 잠들지 못할 수도 있겠지요.

모든 문제를 내 힘으로 해결할 순 없어요. 물론 어떤 문제는 적극적으로
덤벼들어서 해결해야 하지만, 어쩔 수 없이 받아들여야 하는 일도 있지요.
그러려면, 예전처럼 잠들고 꿈꿀 수 있어야 해요.

일단 낮잠에 빠져 보세요. 지칠 대로 지친 데다 상처투성이인
몸과 마음을 위로하고 회복하는 시간이 될 거예요.

# 44
# 세금 신고

서류 작업을 좋아하는 사람은 별로 없을 거예요. 나 역시 그렇거든요. 내 책상 위에는 언제나 청구서와 영수증이 퇴적층처럼 쌓여 있고, 갈라진 빙산이 바다로 떠내려가듯이 엄청난 양의 서류 뭉치가 바닥으로 떨어져 내리곤 해요. 치과 진료보다 세금 신고가 더 두렵다니까요. 그런데 재미있는 건 정작 세금 신고를 하는 날은 기다려진다는 거예요. 세무서에 가서 세금 신고서를 제출하고 나면, 안도감과 함께 홀가분해 날아갈 듯한 기분이 밀려들거든요!

# 45
# 투표

민주주의 국가에 살고 있는 사람들은 누구나 투표권이 있어요. 물론 공직
선거는 일정한 나이가 되어야 투표권이 주어지지만요. 민주 국가 국민은 투표를
통해서 저마다 자기 목소리를 낼 수 있어요.

자유와 평등을 위해,

기본권과 인권을 지키기 위해,

우리가 사는 지구를 위해,

숲과 바다와 빙하를 보호하기 위해,

여성의 권리를 위해,

인종 차별을 없애기 위해,

노동자의 권익과 응급 구조대원의 안전을 위해,

이재민과 노숙자와 사회적 약자를 위해

우리는 투표해야 해요!

우리의 한 표 한 표가 서로 존중하고 존중받으며, 인간의 존엄성과 예의, 품위를
지키고 정직하게 살 수 있는 세상을 만드는 밑바탕이 될 거예요.

# 46
# 채소 재배

텃밭 또는 창가 난간에 놓인 화분에 쪽파나 상추를 직접 기르고 수확해서
먹는 즐거움은 경험해 본 사람만이 알 거예요. 한번 시작해 보고 싶다면 루콜라
씨앗을 흙 속에 살짝 묻어 보세요. 물을 조금 주고 몇 주 뒤에 들여다보면, 루콜라
특유의 향기를 풍기는 잎이 싱싱하게 자라 있을 거예요.

조금만 시간을 내고 신경 써서 채소를 키우면, 생각보다 큰 보람과 놀라움을 느낄
수 있어요. 직접 키운 완두콩을 그릇에 담거나 양파를 줄줄이 엮거나 토마토
씨앗을 보관하면서 이듬해 봄을 기대하는 설렘과 즐거움도 맛보게 될 거예요!

# 47
# 지도

나는 지도라면 종류를 가리지 않고 좋아해요. 특히 오랜 세월이 지나 뱀처럼 구불구불 굽이쳐 흐르는 강이 그려진 지도가 좋아요. 손금이나 달 표면도 지도와 비슷해서 눈여겨보곤 해요.

아버지는 언제나 책상에 커다란 지도책을 펼쳐 놓았어요. 오빠와 나는 종종 그 지도책을 들여다보았지요. 언젠가 아버지는 1966년에 시베리아를 횡단해 몽골과 중국을 거쳐 일본에 갔던 경로를 가리키며 여행담을 들려주기도 했어요.

한창 연애할 무렵에 닉과 나는 자동차 여행을 계획했어요. 우리는 오스트레일리아 남동부에 위치한 뉴사우스웨일스주 지도를 펼쳐 놓고, 눈을 감은 채 손가락으로 짚은 곳을 목적지로 정했어요. 손가락이 가리킨 곳은 사우스웨일스주 해안 도시였지요. 우리는 근처에 '델리케이트 노비'라는 멋진 해안가가 있다는 것 외에는 아는 게 전혀 없었지만, 만족스러운 여행을 했답니다.

그래요. 우리는 지도를 보면서 길을 찾을 수 있을 뿐 아니라 어디를 다녀왔는지 추억하고 어디를 가고 싶은지 꿈꿀 수 있어요.

# 48
# 공동묘지

나는 종종 공동묘지를 걸으며 죽은 사람들을 생각하고 묘비를 들여다보고 이끼 낀 천사 석상을 감상해요. 때로는 자그마한 양 석상이 서 있는 어린이 무덤 앞에서 눈물을 흘리기도 해요. 물론 공동묘지를 찾는 첫째 이유는 사랑하는 고인을 만나기 위해서예요. 하지만 묘지 정원을 산책하거나 새를 관찰하거나 아이, 반려동물, 심지어 지금 쓰고 있는 소설 속 인물의 이름을 떠올리고 싶어 공동묘지를 찾을 때도 있어요.

그곳에서는 우리에게 주어진 시간이 짧다는 사실을 깨닫게 된답니다. 아직 살아 있다는 것에 감사한 마음이 들기도 하고요.

# 49
# 여행

바쁜 일상을 뒤로하고 어디론가 떠나는 것은 생각만 해도 가슴 설레는 일이에요. 누구나 여행 가방에 소지품 몇 가지만 챙기고 집을 나서면, 반복되는 일상에서 벗어나 색다른 풍경을 경험할 수 있어요.

가깝게는 기차를 타고 몇 정거장 떨어져 있는 마을에 갈 수도 있고,
멀게는 북극권의 백야나 오로라를 경험하러 갈 수도 있어요.
지방에 있는 유명한 가게에 가서 핫도그를 먹거나
부탄의 산길을 걷다가 매콤한 야채수프를 맛볼 수도 있지요.
유적지를 찾아 조상의 발자취를 살펴봐도 좋을 거예요.
몇 시간 운전해서 떨어져 생활하는 가족을 만나러 가는 건 어떨까요?

어디를 어떻게 가든,
그곳에서 누구를 만나고 얼마나 오래 머물든
여행이 즐거운 것은 머지않아 돌아갈 집이 있기 때문일 거예요.

# 50
# 집으로

　여기저기 여행하며 다른 세상을 경험하는 건 멋진 일이지만, 집에 돌아오는 것도 못지않게 설레는 일이에요. 정들 대로 정든 현관문을 열고, 때가 탄 가방을 내려놓고, 우편함을 열어 보고, 차를 끓이거나 커피를 내리고, 빨래하고, 따뜻한 물로 샤워하고, 침대에 누워 책을 반 페이지쯤 읽다가 잠들고 꿈꾸는 일상이 소중하다는 걸 새삼 깨닫지요.

# 51
# 나만의 목록

생각이나 행동이 틀에 박혀 있다거나 우울한 기분에 젖었다거나 몸과 마음이 지쳤다거나 아무런 영감이 떠오르지 않는다면, 내 삶에서 기대할 만한 것들의 목록을 작성해 보세요.


• 간단한 것:

• 일상적인 것:

• 적은 돈으로 할 수 있는 것:

• 집을 떠나지 않고도 할 수 있는 것:

• 즐거움을 느낄 수 있는 것:

• 당연하게 여기고 싶지 않은 것:

• 실제로는 일어나지 않지만 기대하는 것만으로도 즐거운 일:


나만의 목록을 완성하면 친구와 함께 공유해 보세요.
기분이 훨씬 나아질 거예요!

# 52
# 카르페 디엠

'카르페 디엠(Carpe diem)'은 '지금 이 순간에 충실하라'는 뜻의 라틴어예요. 현재의 삶에 충실하고 지금 이 순간을 즐기면 더 나은 미래를 맞이할 수 있을 거란 의미이지요. 오늘이란 시간을 누군가 내게 준 선물이라고 생각한다면 함부로 낭비하고 싶지 않겠지요?

아름다움은 찾으려고 애쓰면 반드시 찾을 수 있어요.

이웃을 도우면 우리의 영혼은 한 차원 깊어질 거예요.

무언가를 끝내면 새로운 일을 시작할 수 있어요.

타인에게 마음을 열면 우리의 사고는 넓어질 거예요.

투표하면 변화를 일으킬 수 있어요.

꽃씨를 뿌리면 메마른 땅이 꽃밭으로 바뀔 거예요.

깊이 생각하면 새로운 아이디어가 떠오를 거예요.

죽은 이들을 생각하면 삶이 얼마나 고맙고 숭고한지 깨달을 거예요.

자신에게 다정하면 주위 사람도 다정하게 대할 수 있어요.

살다 보면 실패하는 날이 있어요. 오늘이 그런 날이더라도 절대로 좌절하지 마세요. 내일이 있으니까요. 오늘 무슨 일이 있어도 내일 아침 태양은 떠오를 거예요. 반드시.

**웅진주니어**

## 내가 아는 기쁨의 이름들

: 매일을 채우는 52가지 행복

**초판 1쇄 발행** 2023년 11월 30일 | **초판 3쇄 발행** 2024년 5월 17일
**글·그림** 소피 블랙올 | **옮김** 정회성
**발행인** 이봉주 | **편집장** 안경숙 | **편집** 정아름, 김정란 | **디자인** 강민영 | **마케팅** 정지운, 박현아, 원숙영, 김지윤, 황지영 | **국제업무** 장민경, 오지나 | **제작** 신홍섭
**펴낸곳** ㈜웅진씽크빅 | **주소** 경기도 파주시 회동길 20 (우)10881 | **문의전화** 031)956-7544(편집), 031)956-7569, 7570(마케팅)
**홈페이지** www.wjjunior.co.kr | **블로그** blog.naver.com/wj_junior | **페이스북** facebook.com/wjbook | **트위터** @new_wjjr | **인스타그램** @woongjin_junior
**출판신고** 1980년 3월 29일 제406-2007-00046호 | **원제** THINGS TO LOOK FORWARD TO | **한국어판 출판권** ⓒ 웅진씽크빅, 2023 | **제조국** 대한민국 | **사용 연령** 7세 이상

* 잘못 만들어진 책은 바꾸어 드립니다.
⚠ 주의 1. 책 모서리가 날카로워 다칠 수 있으니 사람을 향해 던지거나 떨어뜨리지 마십시오.
     2. 보관 시 직사광선이나 습기 찬 곳은 피해 주십시오.